GILBERT DELAHAYE
MARCEL MARLIER

martine
baby-sitter

casterman

Jeudi, tante Monique a téléphoné à Martine.

— Nous devons nous absenter ce soir. Peux-tu t'occuper de tes cousins ?

Martine est enchantée. Elle adore ses cousines, les jumelles Sandrine et Sandra, et leur frère Alexis.

Ce soir-là, Martine arrive chez tante Monique.

— Bonsoir tout le monde !

Le chien César aboie joyeusement.
— Tu as le bonjour de Patapouf, lui dit Martine à l'oreille.

— Vite, vite, la voiture attend, dit tante Monique. Nous rentrerons tard dans la soirée... Alexis doit terminer ses devoirs.
Après le repas, Martine vous mettra au lit... N'oubliez pas de faire votre toilette.
Et surtout, soyez sages, les enfants !
— Oui, oui. C'est promis. Au revoir.

Papa et maman sont partis. On va bien s'amuser.

— Attendez ! Où allez-vous ?

— Jouer à cache-cache dans les chambres, dit Sandrine.

— On va sauter sur les lits, dit Sandra.

— Non, non ! On ne court pas dans les escaliers, descendez ! crie Martine, je vais vous lire une belle histoire.

— Ecoutez bien. C’est l’histoire du lièvre et de la tortue.
Pendant que le lièvre batifole, la tortue ne perd pas une seconde en chemin.

— Regarde, c’est le lièvre qui va arriver le premier. Il court plus vite !
— Mais non, c’est la tortue qui a gagné!
— Rien ne sert de courir…

— Encore une histoire, Martine !
— Plus tard, c’est promis.

J’ai apporté un puzzle. Regardez.
On commence par poser les coins.
C’est plus facile.
— Et moi ? dit Sandra. Qu’est-ce que je fais ?

Martine est partout à la fois.
Elle aide Alexis qui sèche sur ses devoirs.
Il est au bord des larmes.
Il préférerait jouer avec le chien César.

Mais déjà, les jumelles ont terminé leur puzzle.
Il faut les occuper. Martine leur explique
comment faire des *ribambelles*. Elle coupe
des bandes de papier, puis les plie en accordéon.
Il faut prendre des ciseaux à bouts ronds pour ne pas se blesser,
découper un modèle, et…
— Je déplie… Regardez !
— On dirait de la dentelle.

Il n’y a qu’une seule paire de ciseaux…
Heureusement, Sandrine préfère jouer avec les crayons feutres.
Elle fait de très jolis dessins.
Il y en a un pour Martine.
Les autres seront pour maman !

Alexis appelle.
Il a terminé ses calculs.
Martine les corrige.
— C’est très bien !
Il n’y a presque pas de fautes.

Pendant ce temps,
les jumelles s'en donnent
à cœur joie.
— C'est amusant les ciseaux !
On peut jouer à la coiffeuse.
Et les feutres aussi…
Il y en a de toutes les couleurs.
Les murs vont être bien décorés.
“Maman sera contente”, se dit Sandra.

Et si on se déguisait ?
— Bonjour madame...
Vous avez un bien joli chapeau !
— Martine ! Viens voir comme je suis belle !
— Mais... vous avez mis de la peinture partout ! s'exclame Martine.

Comment allons-nous faire pour enlever tout cela ?
On ne peut vraiment pas vous laisser seules un instant !

Heureusement, avec du savon, Martine réussit à tout effacer.
— Maintenant, on se calme ! dit-elle.

Mais les bêtises ne sont pas finies
pour autant. Sandrine et Sandra
jouent tranquillement dans le
fauteuil, quand elles découvrent
le téléphone portable.

— Et si on appelait maman ?
Je connais son numéro :
un, deux, trois, quatre,
cinq, huit, dit Sandra

— Hello ?

— Allô,
qui parle ?

— Good evening.

— Good evening !
Mais c'est un Américain !
Vous avez fait n'importe quoi !
Cette fois, Martine
n'est pas contente.

— Excusez-nous.
C'est une erreur, monsieur.
Au revoir…

Pendant cet intermède, Alexis a enfin terminé ses devoirs. Il doit maintenant réviser les tables de multiplication .

Deux fois cinq font dix.
Deux fois six font douze.

— Moi aussi, je sais compter, dit Sandra.
— Dis-moi, Sandrine, combien font deux plus trois ?
— Deux plus trois font... je ne sais pas.
— Deux plus trois font cinq.

Mais voilà que le téléphone sonne...

C'est tante Monique qui appelle.
— Bonsoir maman, nous sommes très sages, dit Sandrine. Nous allons regarder la télé…
… Non, nous n'irons pas dormir trop tard.

Sur l'écran, une soucoupe volante apparaît. Elle atterrit dans un faisceau de lumières, des rouges, des bleues, des vertes. Un extraterrestre descend de l'appareil. Il a un casque sur la tête. Il n'a pas l'air commode. Ses yeux brillent comme des rayons lasers.
— Moi, je n'aime pas ça.

— Et si on changeait de chaîne ?
— Nous allons regarder une cassette vidéo, dit Martine...
Laquelle voulez-vous ?
— Les cent un dalmatiens.

— Non ! On l'a déjà vu cent fois ! Je préfère les histoires drôles.
— Alors, mettons plutôt un film de Charlot.
— C'est plus amusant !
Maintenant, tout le monde rit de bon cœur.

Martine a demandé qu'on l'aide
à préparer le repas.
Les jumelles ont aussitôt proposé
de faire la vinaigrette pour
assaisonner la salade.

— Voyons : il faut beaucoup
d'huile, du vinaigre, du sel,
du poivre…

Puis on mélange le tout.
— Et si on ajoutait du sucre ?
— Ça sera certainement meilleur.

— Maman met parfois
des oignons, mais ça pique.
On a les yeux qui pleurent.

— A table, à table, les enfants. Il y a du poulet, du jambon...
— Moi, je préfère la crème glacée, dit Sandrine.

C’est l’heure du bain.
La baignoire est remplie de mousse. Alexis fait des bulles de savon.

On s’éclabousse, on rit.
César s’amuse beaucoup lui aussi.

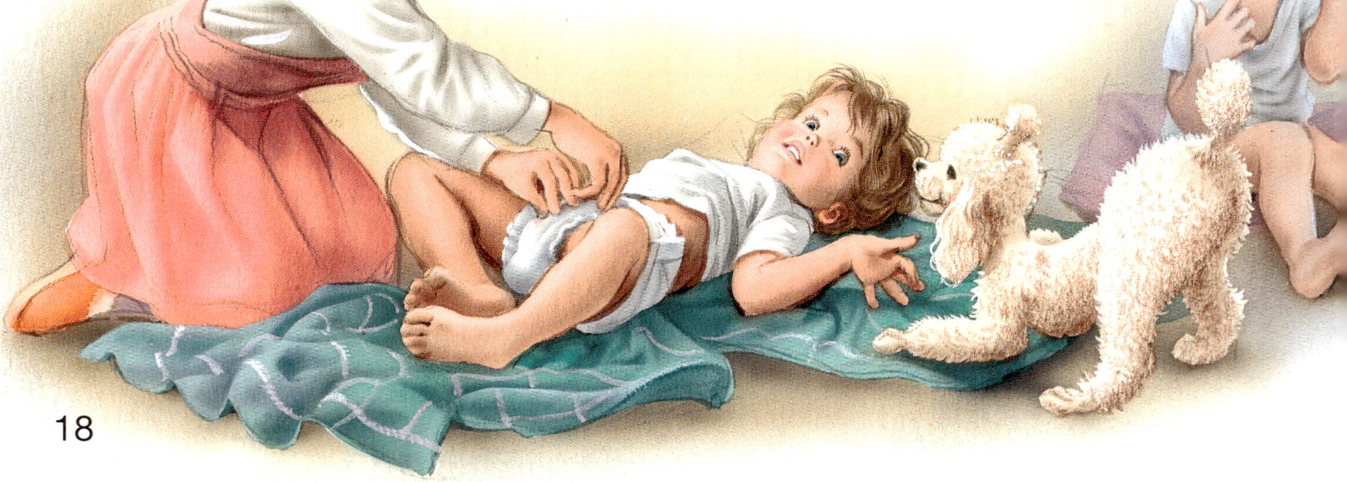

Puis, on enfile les pyjamas.
— Habillez-vous toutes seules,
dit Martine.
— Celui-ci est à moi ?
— Mais non, c'est le mien !

La salle de bains est dans un piteux état. Il y a de l'eau partout !

— Quand vont-elles donc s'arrêter ? soupire Martine.
Les jumelles commencent à être fatiguées, il est temps de les mettre au lit.

Sandra s'est assoupie dans les bras de Martine.
— Bonne nuit, ma chérie. Fais de beaux rêves. Et surtout, ne pense plus aux extraterrestres.

Ouf ! ça y est ! Tout est calme.
Les jumelles dorment.
Martine va enfin pouvoir se reposer.
Pas si facile de remplacer une maman !

— Coucou ! C'est nous !
— Ah non, je rêve ! Les revoilà !
— Martine, raconte-nous encore une histoire.
— Plus ce soir. Tout le monde est fatigué.
Il faut aller dormir tout de suite.
Papa et maman vont bientôt rentrer…

http://www.casterman.com
Imprimé en Belgique par Casterman imprimerie, s.a., Tournai. Dépôt légal: août 1997; D. 1997/0053/210.
Déposé au Ministère de la Justice, Paris (loi n°49.956 du 16 juillet 1949 sur les publications destinées à la jeunesse).
ISBN 2-203-10147-4 ISSN 0750-0580